星野博詩集

ロードショー

ROADSHOW

コールサック社

詩集　ロードショー

目次

ロードショー　6
アルバート　9
今日をつくる人　12
ハーモニカ　15
十円の旅　18
リハビリルーム　21
空　27
僕らの公園　30
子供のころは　33
転校生　36
有楽町のかいじゅう　39
待ち時間　42
配役　45

エネルギー　48
凪いだ心を　51
ひとつの太陽　54
天使の都　57
静かな瞳　63
バランス　66
死に寄り添う詩　70
写真フォルダー　72
小舟　74
いること　77
エンドロール　80
再会　83

エッセイ

自分にできること　88

映画館の暗闇で　104

初出一覧　114

解説　命の映写のアンコール　佐相憲一　116

あとがき　124

著者略歴　126

詩集

ロードショー

星野　博

ロードショー

シナリオが書かれた
配役が割り振られた
スタッフが集められた
撮影場所が決まった
機材が運び込まれた
セットが組まれた
衣装が選ばれた
小道具が揃った
役者が入った
エキストラが配置された

照明が当てられた
カメラが設置された
「ヨーイ　スタート！」
芝居が始まった
セリフが録音された
「カット　ＯＫ！」
録画がチェックされた
フィルムが繋げられた
効果音が入れられた
音楽が加わった
作品が完成した
上映館が決定した
宣伝が始まった
公開初日を迎えた
観客が座席に着いた

明かりが消えた
そして
何人もの人が関わったひとつの芸術が
スクリーンで命を与えられる瞬間

さあ　映画の始まりだ！

アルバート

星を見たのだろうか　君たちは
固定された体で
座り続けたままで

与えられた名前はアルバート
一世　二世　三世　四世
その他なんでもよかったのだが

自分たちの使命など
理解していなかった

ごほうびがもらえる期待があったから

ひとりぼっちにされた
突然に　冷たい部屋に
視線を合わす相手もなく

初めて経験する轟音　振動
恐怖が心臓をつかんで
思いきり振り回した

上昇していった
どこまでも　どこまでも
そして落ちた
深く　深く　深く……

凍てつく空気の今宵
僕は澄み渡った夜空を眺めることにする
星になったアルバートたち
君たちが確かに輝いているのを
見つけられる気がするから

＊アルバート一～四世
一九四〇年代後半　米国のロケット実験で人の代わりに一匹ずつ乗せられ宇宙空間に打ち上げられた猿たち。すべてが地球帰還時の衝撃で死亡。

今日をつくる人

ずしりと重い真っ暗闇
朝五時前のプラットホーム
マフラーを固く結び　寒風から身を守る
乗車位置には　すでに並ぶ人
都心から遠い　東京多摩　吹きさらし駅
彼方に小さなライトがぼんやり
じわじわ迫りくる重低音
定刻きっかりすべり込む始発電車
ドアが開き　空席めがけ走り込む人々
座ると同時にギュッと目をつぶる

わずかでも確保したい　足りない睡眠時間
カジュアル　作業服　わずかなスーツ
ほとんど年配男　女性もちらほら
誰ひとりしゃべらない　冷え切った車内
次の停車駅を告げる　耳障りなアナウンス
ほんの数駅で埋まる座席　昼間より短い車両
空いてる席はないか　足早に探す乗客
やがてあきらめ握るつり革　ポツンと眺める窓の外
駅ごとに増える人の数　相変わらず誰もが無言
先頭車両はほぼ満員　外はまだ夜の中
五時半をまわり　終点新宿のアナウンス
ガサゴソ動き出す　眠っていた人たち
スピードを落とし　ホームに収まる一番電車
一斉に開くドア　吐き出されていく眠い顔
朝帰りの若者たちとすれ違い　改札へ

もうすぐ仕事に就く人で埋まっていた席に
もうすぐ眠りにつく若者たちが座り込む
同じ始発で居合わせた　今日をつくる人たちが
まだ明けぬ二月の朝に　街に散らばり見えなくなる

ハーモニカ

母と並んで歩く立川駅北口大通り
まもなく目当てのデパートに着く
ジュースのごちそうを期待する六歳の僕
入口の横に床にべったり座る
日に焼けたおじさんの姿
ハーモニカを左右に揺らし吹いている
よく見ると片方の足の膝から下が無い
「あの人はね　戦争に行って足を無くしちゃったんだよ」
耳元に母のささやき声
横目でじーっとおじさんを見続けた

となりに小さな箱が置いてあって
中にはわずかな小銭と二、三枚の紙幣
目を閉じたまま奏でる　悲しい悲しいメロディ
売り場へ入っても　なかなか耳から離れない
胸を突き刺すようなハーモニカ

同じ建物をくぐり抜けて
目当ての売り場へ向かう五十歳を超えた僕
ハーモニカのおじさんがいたあたりは
今は家電量販店の入口
スマートフォンの新作がずらりと並ぶ
聞こえてくるのは店員の大きな呼び声
賑やかな明るい音楽
一日中たくさんの人が出入りする
かつてここで

戦争で傷ついた男が座り込んでいたなんて
誰も想像できないだろう
あのおじさんはあれからどこへ行ったのか
あの旋律はどこへ消えてしまったのか
ここに来るたびにどうしても
耳の奥に蘇ってしまうハーモニカ

十円の旅

ポケットから財布を出したとき
ぽとりと地面に落ちた十円玉ひとつ
拾い上げて手のひらに乗せた
「昭和三十八年」の刻印
僕が生まれた年と同じ
今まで何度　こんな風に地面に落ちただろう
今まで何度　こんな風に手のひらに乗せられただろう

毎日毎日
人の手から人の手へ
町から町へ

巡り続けてきた十円玉
もしかしたら僕の手に触れたことが
前にもあったのかもしれない
今日までの人生のどこかで
この手に握られたのかもしれない
それを確かめるのは無理
「やあ、また会えたね」とは絶対に言ってもらえない
誰の記憶にも残らない　この十円玉

どこかの貯金箱で何年も過ごしたかもしれない
どうしても好きになれない
あの政治家の手に触れたかもしれない
高校生のとき　憧れていたけど一言も口を利かなかった
クラスメイトの彼女の財布に入っていたかもしれない
大好きなお母さんへプレゼントを買うために

少女の小さな手にぎゅっと握られたかもしれない
困っている人の力になればと
募金箱に願いを込めてそっと入れられたかもしれない
この十円玉に触れて
あの世に逝った人もたくさんいることだろう
きっとこれからもたくさんの人生に触れて
この十円玉の旅は続いていく
十円としての役割をしっかりと果たしながら
どこまで旅を続けるのだろう
いつまで旅を続けるのだろう
この手のひらの上の十円玉

一日の勤めを終えてもう真夜中近く
眠る前に財布の中を確かめてみた
あの十円玉はもう旅立っていた

リハビリルーム

治療費の支払いを済ませて
外来患者が行き交うロビーでひとやすみ
ここは数年前入院した大きな病院
いまは経過観察でたまに来るだけ
顔見知りの看護師を見つけたので
声をかけようと近寄ると
傍らにひとりの女性
僕と同じころ入院していたとのこと
小柄で笑顔が絶えないひと
歳は僕より少し下だろうか

看護師が持ち場に戻ると彼女が言う
「リハビリルームを見に行きませんか？」

長い廊下を一緒に歩いた
かつて車イスで
あるいは松葉杖で何度も通った道
真冬の入院だったから
冷たい空気が身にしみた
あの頃の記憶がよみがえる
女性も明るく語り続ける
ここでの思い出を
なぜこんな元気なひとが入院を？

気になって尋ねてみた
笑い声を交えて答えが返ってきた

「ビルの七階から落ちちゃったんですよ」
そしてもう一言
「自分の意志で」

やっとたどり着いた
ガラス越しのリハビリルーム
指導を受けているのは
五人ほどの入院患者
あの平行棒につかまって
僕も歩く練習をした
交通事故による骨折の激痛に耐えながら
筋肉の衰えた両脚で必死に歩いた日々
時々目に入ってきた
ガラスの向こうの廊下の人たち
外来患者、常に急ぎ足で歩く医療スタッフ、清掃員……

彼らが心から羨ましかった
いつ自分は「あちら側」に戻れるのだろう?

女性も目を輝かせて見入っていた
あの頃に想いをはせているに違いない
僕と同じように

「私ね　生きるって決めたんです　この場所で」

自分自身に言い聞かせるように語る彼女
患者のみなさんにも僕らが見えるだろう
「あちら側」の人間として
健常な人間として
不自由など経験したことのない人間として

「右足と左足の長さが違っちゃったんですよ」
廊下を戻る途中で響く彼女の声
そんな後遺症があるとは思えないほど
しっかり前へと歩を進めている
まなざしもまっすぐに前を向いている
「今日はありがとうございました」
ロビーで僕らは別れた
最後も笑顔を忘れることなく

しばらく女性の背中を見送った
何かが彼女に起こった
この世界を去ろう、と決意させる何かが
そして本当に実行した
永遠のさよならを告げたはずだった
しかし　生命《いのち》の導き手が彼女に用意していたのは

もうひとつの新しい夜明け
そして痛みを通り越した者だけがつくりだせる
とっておきの笑顔と深いまなざし

心からの祝福を祈った
これからもあなたの笑顔が輝き続けますように
他人に元気を分け与えますように

空

じっくりと空を眺めたのはいつだろう？
ゆっくりと雲を目で追ったのはいつだろう？
くっきりとかかる虹に喜んだのはいつだろう？
うっとりと沈む夕日を見つめたのはいつだろう？
はっきりと流れ星を見つけ願いを送ったのはいつだろう？

私たちを覆い包み込む空
いくつもの表情を見せる空
目を上げれば必ずそこにある空

私たちはうつむいて
時間に追われる毎日
真上の空を意識することはなく
あわただしく一日を終える

少しでも空を見上げる余裕を持てたなら
流れゆく雲に
時間が遅く進むこともあるのに気づく
澄みきった青空に
体が軽やかに動くのを感じられる
ぽっかり浮かぶ月に
ぐっすりと眠りをもらえる事を知る

いまこの時も
空は頭の上に確かにあって

惜しみない広さで私たちを覆いつくし
絶え間なく贈り物を与え続けている

僕らの公園

自転車の乗り方を覚えた公園
今もそのまま残っている
補助輪をはずし　ぐらつきながら
ペダルを漕いだ　四十五年前
たて百メートル　よこ六十メートルほど
舗装されたコンクリートだけの
遊戯物のない　そっけない広場
ローラースケートの子供たちを
よけるのに精一杯だった
あの日の記憶

いま平日の午後三時
隅のベンチに座り　思い出のふたを
開けてみる　ひとつずつ　ひとつずつ
缶けりをしたり　竹馬に乗ったり
ドッジボールをするには　場所取りが必要だった
他の学校の子供もたくさんいたから
四、五人だけで野球ごっこもした
毎日のように集まったあの頃の仲間たち
何人かは顔も名前も浮かんでこない

あの日々のかけらが落ちてないかと
足元をのぞき込んでみる　もちろん何もない
見た目は変わっていない　僕らの公園
昔と変わらぬ日差しが斜めに降り注ぐ

いま子供はひとりもいない
僕らが遊んでいたこの時間　子供はどこにもいない
目に映るのは離れて座る　お年寄り三人だけ
何十年も根を下ろした樹木の声が聞こえてきそう
ねえ　わたし何年も子供たちの笑い声を聴いてないの
みんなどこに行ったのかしら？
そよ風にきいても知らない、と言うの

あともう少し眺めていようか
何年ぶりかで訪ねた昔ながらの公園の姿を

子供のころは

子供のころは
「優先席」「シルバーシート」
というのがなかった
怪我人　高齢者は
譲ってもらって腰かけた電車の中

子供のころは
映画館内のあちこちで
タバコの煙が昇ってた
煙たい匂いのこもる中

じっと眺め続けたスクリーン

子供のころは
「リサイクル」という言葉がなかった
紙のゴミ　燃えないゴミ　缶やビン
使い終わったものだから
どれもみんなただのゴミ

子供のころは
小学校の先生によく殴られた
宿題を忘れたら
げんこつ　平手打ちはあたりまえ
僕はとくに女の先生から
今なら夜のニュースの一項目

子供のころは
駅のホームすべてが喫煙所
足元に散らばる吸い殻たち
煙の苦手な人もガマンして
電車を待った朝早く

子供のころからの数十年
だんだんと人は気付いていきて
他人に　地球に優しくなってきた
いまの子供たちが大人になって
「子供のころは」と
振りかえるとき
いまの我々が
あたりまえにしていることの
何がなくなっているだろう

転校生

小学一年生の秋　となり町から引っ越してきた
初めて学校に行く日の朝　心は不安だらけ
友だちはできるかな　どんな先生かな
だれも知らない人ばかりの中に
ひとり入っていく自分
女の担任の先生から紹介されて自分の席へ
みんなからジロジロ見られた一日目
次の日から何人かとお話をした
その学校ではやっていたのはプロレスごっこ
前の学校では一度もしたことのない遊び

ボクは数人からわざをかけられた
「コイツが泣くまで続けようぜ」
何日も　何日も　わざをかけられ続けたボク
でも絶対に泣かなかった
それは先生がいないときだけ行われたから
ボクがいじめられてたのを先生は知らない
ボクが泣かないとわかると
プロレスごっこは終わりになった
そのうち仲のいい友だちができて
過ぎていったいくつかの季節

四年生になってクラス替えの最初の日
となりの席の初めて見る顔の男の子の声
「おまえ　転校生だよね？」
思わずドキリとした

そうか　ボクはまだ転校生なのか
よそ者あつかいなのか
いつまでそう思われるんだろう
ボクはみんなと同じだと思うんだけど

クラスに新しい人がやってきたら
すぐに受け入れてあげてほしい
その人はよそ者なんかじゃない
みんなと友だちになるためにやってきただけ
友だちがひとり増えること
こんなすてきなことは他にないんだから

有楽町のかいじゅう

夕方のかいじゅうものが好きだった
ウルトラマンやウルトラセブン
毎日のように再放送
友だちとの外での遊びはおしまい
急いで帰ってテレビの前にかじりつく
どんどんビルを壊していくかいじゅう
「かいじゅうが銀座から有楽町へむかっています！」
都心から遠い立川あたりに住むボクには知らない地名
そのころの給食時間での会話
「きっと東京には一匹くらいかいじゅういるんだろうな」
物語がつくりものだと知ってはいても

かいじゅうが本当にいると信じていた一年生のボクら

札幌オリンピックが終わって一年後
三年生の冬に初めて有楽町に行くことに
母親が福引で日劇でのコンサートを当てたとか
有楽町って、かいじゅうが出るところじゃないか！
ワクワクしながら母親についていく
そして目にした有楽町駅前
人がいっぱい　高いビルがいっぱい
ひたすらキョロキョロするだけのボク
あっという間に日劇とかいう中に押しこまれた
西城秀樹　天地真理の時はまわりがキャーキャー
いしだあゆみがたくさん歌ってた
テレビとちがってこんな大きな音がするんだ
ショーが終わり会場の外へ

いろんなネオンでまぶしい街
ピカッとライトを光らせ高いところを走る新幹線
車やバスで広い通りはぎゅうぎゅうに
こんなにうるさかったらかいじゅうはいられないね
こんなにたくさん人がいたらかいじゅうビックリするよね
きみどり色の山手線に押しこまれて有楽町にサヨウナラ

次の日の夕方いつもの時間
チャンネルをガチャガチャ動かしテレビの前へ
やっぱりかいじゅうがいるのはここ
安心してかいじゅうを見られるのはここ
ちっぽけな白黒テレビの画面の中
台所から流れてくる夕ごはんのいい匂い
テレビの中のかいじゅうを
じっと見つめ続けるボク

待ち時間

生きるとは
ひたすら何かを待つということ
今日も　明日も　昨日も
待つ　待つ　待つの繰り返し
バス停でバスを待つ
駅で電車を待つ
信号が青になるのを待つ
パソコンが起動するのを待つ
お湯が沸くのを待つ
カップ麺ができるのを待つ

エレベーターが開くのを待つ
病院で呼ばれるのを待つ
美容院で呼ばれるのを待つ
メールの返事が来るのを待つ
雨がやむのを待つ
カレーを注文してできるのを待つ
素敵な人が現れるのを待つ
バレンタインデーを待つ
告白されるのを待つ
待ち合わせ場所で恋人を待つ
挙式の日を待つ
新居に引っ越す日を待つ
出産予定日を待つ
初めて赤ちゃんと対面するのを待つ
子供が歩けるようになるのを待つ

ただいま、と子供たちが帰宅するのを待つ
家族がみんな寝静まるのを待つ
そしてまた朝日が昇るのを待つ
朝日が新しい一日を連れてくるのを待つ

配役

ひとりの人間に与えられる
いくつもの役

子供の役から始まって
少年または少女
息子または娘
学生　見習い　新人
社会人　労働者　退職者

通りを歩けば通行人

レストランではお客様
電車に乗れば乗客
病院の中では患者
海外では外国人
異教徒という名前にも

友人　恋人　ひとり者
夫　妻　浮気者
父親　母親　育ての親
市民　国民　地球人

時と場所で変わる役名
勝者かと思えば敗者にも
加害者にも被害者にも
修行者から指導者にも

次々と衣装を変え
メーキャップを変え
相手を変え
演じていく
人生というスタジオの中

すべての場面がカメラに収められている
あらゆる表情がライトに照らされている

天から授かった自分という主人公
それを見つけ出し　輝きを与え　表現し続ける
死者という役を振り分けられる
その最後の日まで

エネルギー

海面を指先で触れた
その瞬間
海とつながることができる
海のすべてを感じることができる

太平洋、大西洋、北極海、インド洋……
何にでも名前を付けなければ気が済まない
人間が勝手に取り付けたラベル
あるのはひとつの海
ひとつの命溢れる海

海のどこかで　月明りを浴びてイルカたちが踊る
海のどこかで　産卵を終えた海亀が眠る場所を探す
海のどこかで　獲物を求めてタコが触手を伸ばす
海のどこかで　クジラがゆったりと波間で歌う
海のどこかで　魚の群れが一斉に向きを変える
海のどこかで……

絶え間ない命たちが織りなすドラマの数々
それらを指先で感じてみる
きっと伝わってくる
心を静めて触れてみれば
海は届けてくれる
膨大な命のエネルギー

するとひどいことはできなくなる
目の前の海に対して
どれほどの恵みをもらっているのかに気付く
目の前の海の広さから

凪いだ心を

神は人間をつくったとき
手足をつけて陸地で活動できるようにした
さて　えらと水かきもつけて
海でも生きられるようにしようか？
いや　まず大地を与えてみて
どう生きるかを見ることにしよう

いくつもの夜と昼が通りすぎて
地球は回転し続けた
グルグル　グルグル　グルグル……

最近の人間たちはどうだろう？
今日のトップニュースは何かな？
相変わらず戦争　テロ　殺人事件か
こんなニュースを見て朝食なんて
子供たちがかわいそうだと思わないか
海を人間に与えていたら
地球は青い色を失っていたかもしれない

神は人間たちに語りかけることにした
耳をくすぐる波音となって
肌をなでる潮風となって
椰子の木陰のそよ風となって

わたしの愛する大切な人間たち

海のような広大な心を
みんなが持っていることに気付いてごらん
青空と風と波が手を取り合っているように
あなたたちも完璧なハーモニーで歌えるのだ
行っては戻る単調な波の動きにも
美しい砂浜をつくる大事な目的がある
しばらく浜辺にたたずんで
思いつくまま詩を奏でておくれ
真珠の輝きを放つ詩の数々を
大勢にもたらすために　凪いだ心を
分かちあうために　凪いだ心を

ひとつの太陽

朝日が昇り
あらゆる場所に
光がそそがれる
人間に与えられているのは
たったひとつの太陽
すべての人に
ゆきわたるその恵み
例外はない
体を暖め
衣服を乾かし

食料となる穀物を育む
太陽は人間を照らす
まったく平等に
わけ隔てなく
いまの頭上の太陽が
どこかの国で朝日となり
どこかの国で夕日となる
違う言葉の人が
違う肌の色の人が
違う宗教の人が
違う国籍の人が
同じ太陽で目を覚まし
同じ太陽の日差しで汗ばみ
同じ太陽に祈りを捧げ
同じ太陽が彼方に沈むのを眺める

そのひとつの太陽の下
人間同士が殺し合う愚かさを
手放すそのときまで
太陽は新しい朝を何度も与え
人間の道を照らし続ける

天使の都

太陽はあまりに高く赤く
容赦ない熱風が降り注ぐ
バンコク大通りの交差点
明らかに人よりも車優先の街
信号を渡り終えないうちに
猛スピードで突っ込んでくる
無数のバイク　ピンク色のタクシー
有名ブランドのブティックの横に
物乞いの老婆がひとり
コインを投げ入れると精一杯の笑顔をくれた

伊勢丹前の広場は縁結びのパワースポット
若い女性たちが花を供えてひざまずく
澄んだ眼差しで見上げる祠
いい人と出会えますように
家族が幸せでありますように

陽が傾きはじめるころ
喉を潤そうとマクドナルドへ
しばらく休んでいると
かたわらに十二歳くらいの地元の少女
差し出された英語のメモ
ハート型の木彫りのマスコットを添えて
　わたしは耳がきこえません
　よければ買ってください
この少女の行動を店員も誰も咎めない

お金を差し出すと
こわばった顔が一瞬で笑顔に
木彫りの裏には聖書の言葉
　心を尽くし　主を愛しなさい

街は夜に包まれ　大通りの脇には
延々とひしめく雑貨　衣服　屋台のマーケット
通路を行き交うあらゆる言葉　国籍　肌の色
ターバン男　サリー服女　Tシャツ西洋人
何人もの肌と触れ合って進み続けると
五体投地の男をあやうく踏みそうに
アラブ人街に入り込みケバブを頬張る
アラビア文字の看板に囲まれながら
通りに戻るとキリスト教会の輝く十字架
もっと先にはヒンズー寺院

この街の人たちの間には
壁は築かれず　線も引かれない
あらゆる場所で生まれた者たちが
横断歩道ですれ違っていく

けたたましい音楽とネオンの一画
素足をさらした女たちが立ち並ぶ
　ハロー！　ハロー！
日本人とわかると必死で呼びかける
商品である自分自身を見てもらおうと
ダメなら次の男に強い視線を投げかける
彼女たちの故郷は農村地帯か　隣国あたりか
この街に来るしかなかったさだめ
本当の顔は闇の中にしまっておく

女のカラダになった男たちが踊る店
男のカラダを選んだ女と語りあえる店
みずからの性を臆することなく表現する人たち
夜の喧騒が彼らの人生を包み込む
そして夜は深さを増していく
もっと深く　もっと深く…

部屋を満たす黄色い日差しで目覚め
朝7時すぎの外を歩く
屋台で列をつくっている
自炊する習慣のほとんどない
この街のビジネスマン　ＯＬたち
すっかり寝静まっているのは
あれほど浮かれていた歓楽街
通勤客で混み合うバスが次々と道を行く

道ばたに立つ年配の仏教僧
前でひざまずくひとりの女性
その後ろで順番を待つ数人の人
まっすぐな朝日が僧侶の衣を照らし
オレンジ色をさらに際立たせる
頭上の青はもう充分すぎるほど広がっている

静かな瞳

都会の片隅のちっぽけな公園
古ぼけたベンチに腰掛けた
スーツにほこりが付かないように
仕事の合間のひとやすみ

前かがみになって
頬杖をついて
ぼんやり眺める足元の土
目に飛び込んできた一匹の蟻

もっとよく見ようと

さらに腰を曲げてのぞき込む
せわしなく動く小さな体
じーっと見つめる僕の瞳

ずっと歩いてるけど
それが君の仕事なの？
君にも同僚や上司がいるの？
迎えてくれる家族はいる？

帰ってくるはずのない問いを
思いつくまま蟻に投げつける
明日のことを考える？
昔に戻りたいと思うことは？

僕の革靴のすぐ横にきた
ほんの少し右足をずらしたら

君の生命を終わらせちゃうこと
わかっているかい？

もちろん　そんなことはしない
他の蟻たちとすれ違い
前へ歩き続けるその姿を
しばらく追う僕の瞳

その僕の様子を
空の高い　たか～いところから
神様がじーっと見ている
広い心で　静かな瞳で

人間たちがぶつかったり　支え合ったり
前に進んだり　あと戻りするのを
神様がじーっと見ている
広い心で　静かな瞳で

バランス

いまはどちら側なのか
自分で問い　自分で答える

目覚めていたい？
眠り続けたい？

与えたい？
受け取りたい？

進みたい？

留まっていたい？
喋りたい？
黙っていたい？
書きたい？
読みたい？
ひとりでいたい？
だれかといたい？
右に行きたい？
左に行きたい？
増やしたい？

減らしたい？
登りたい？
下りたい？
つなげたい？
引き裂きたい？
導きたい？
仕えたい？
隠したい？
見つけたい？
出たい？

入りたい?

いずれにせよ
今の自分はこれまでの選択の結果

死に寄り添う詩

死が訪れた
詩人のところに
その死を悼むため
詩が招かれた
詩人はもはや死人
死はまだ痛む
死をやわらげるのが
詩の役目
死人はいまでも詩人
その詩は

あらゆる死をいやす
死には詩が必要
詩には死が訪れないから
詩は死に寄り添う
死は詩に彩られる
あまたの詩人が
死に魅せられ
死に詩で答えた
死の静寂を語るなら
詩がふさわしい
死は詩とともに
詩も死とともに

写真フォルダー

来てしまった　真冬の海岸に
なんとなく　電車に乗って
海を見たいと思ったから

浜辺には人が三、四人
ここに来たのは　何年か前
真夏の日差しのもとで
友達と寝そべっていたっけ
足元に夏のかけらが見え隠れ
アイスの棒、お菓子の包み紙、びんのふた

重たい曇り空　強めの北風
夏はいま　手の届かない距離に
スマホを持って写真をパチリ
なぜだろう　海に来ると写真を撮るのは
今までに何枚もの海を撮ったのに
方向を変えてまたパチリ
サイズも変えてまたパチリ
写真フォルダーに納まっていく
うちに戻って　そして何年もたって
見返すだろう　今日の風景を
心が求めるだろう　波の模様を
枚数は膨らんでいくけれど
なかなか消せない　海の写真たち

小舟

人は海にやってくる
海を求めてやってくる
たったひとりでやってくる
砂浜に腰をおろし
海原の果てをじっと見つめる
波音に傷を撫でてもらうため
潮風に涙を拭ってもらうため
目を閉じて
速度を緩めた時間に身を包む
そして小舟に荷物を積んでいく

胸につかえている思い出たち
刺さっていた棘のひとつひとつ
すべてに別れを告げて載せていく
やがて小舟をそっと沖へと押し出す
震えながら波間を進んでいく小舟
その後ろ姿を浜辺から見守る
じっと目を閉じたまま
漂いながら小さく小さくなっていく小舟
人は目を開ける
波の彼方に視線を投げる
もう小舟は見えない
沖のはるか向こうへ消えたのか
ぶくぶくと海の底へと沈んだのか
ゆっくりと立ち上がり
もう一度しっかりと海を見つめる

そして海に背を向けて歩き出す
砂浜に足跡を残しながら
海猫の声にもう一度振り返ろうか、という
誘惑を振り切って
霞んでゆく波音を背中で受けとめ
人は自分の居場所へと帰っていく

いること

たいせつなこと
キミがいること
ただひとりのキミが
ありのままのキミが

いまキミといたい
たまらなく　こころから
いまキミを見たい
目のまえで　すぐそばで

過去や未来　自由に行けたとしても
キミと同じひとに　会えることはない
似た人になら　おそらく会える
でもキミのように　ボクを見つめ
キミのその声で　唄う人はいない
ゼッタイにいない

この世界にも　このボクにも
キミが必要　どうしても必要
キミに見つめてもらいたい夕日があり
キミになでてもらいたいネコがいる
キミの髪を揺らしたいそよ風があり
キミに食べられたいパンがある

たいせつなこと

キミがいること
たいせつなこと
キミといること

エンドロール

映画が終わった
「私の人生」という映画が
いまスクリーンを埋め尽くしている
名前　そして　名前
私の人生をともに旅した共演者たち
親　兄弟　姉妹から
親戚　友人　その他おおぜい
とめどなく上がってきては
ゆっくりと消えていく
ひとつひとつの名前たち

ながく一緒に歩いた者　わずかだけ隣にいた者
何度も笑いあった者　何度も助けてくれた者
若くして旅立った者　つい最近知りあった者
名前とともにその顔が浮かぶ
なぜか今はみんな笑顔で
忘れていた名前にこみあげる懐かしさ
ひどく私を不愉快にさせた者
思わずその前から逃げ出した者の名前もある
彼らも欠かせない大切な共演者
彼らがいなければ貴重な学びを逃していた
忍耐　寛容　ゆるし　信頼という
魂を輝かせるために必須の学びを
書かれたシナリオは練りに練られ
すべての共演者が完璧なタイミングで
私の人生のドアを開けた

こんなにたくさんの者がいたから
ひとつの映画　ひとつの人生は完成できた
そして私も誰かの映画に出演していたのだ
ある映画では重要な役で
別の映画ではエキストラで
もうすぐエンドロールも終わる
スクリーンが涙でかすんでいる

場内が明るくなった
さあ　家に帰ろうか……

再会

初めてあなたに
会ったとき
心はこう言った
「はじめまして　どうぞよろしく」

魂はこう言った
はっきりと
微笑みを混ぜた声で
「おや　また会えたね」

初めて訪れた場所で
心は感じた
「ここに来てみたかったんだ」

同じ場所で
魂はこう感じた
「ここはすっかりお馴染みのところじゃないか」

何度か経験してきた忘れえぬ感覚

前世を読み解くことができる女に会ったことがある
「あなたは何度も牧師やお坊さんとして生きました」

数年後　同じ力を持つ別の女に会った　今度は英国人
「あなたのひとつ前の人生は牧師

その前は仏教僧
　あなたは聖職者の魂を持っています」

単なる占い師の言葉の遊びかもしれない
信じるも　信じないも自由

でも　わかっている
この先も再会を繰り返すということは
特別な誰かと出会うたびに
魂の求める場所を訪ねるたびに
あの不思議な感覚が私を捉えるだろう

人智の及ばない領域からの呼び声が
私を出会うべき魂に導いている

エッセイ

自分にできること

目が覚めたら知らない女性が僕の顔をのぞき込んでいた。「あなたはＩＣＵにいます」

母の声も聞こえる。「博、事故に遭ったんだよ。わかる？」

こうして十日間の意識不明から生還した。のぞき込んでいたのは看護師だ。

事故に遭った瞬間の事は全く覚えていない。平成二十年十一月の夜、家の近くの横断歩道を歩行中に信号無視の車にはねられたらしい。全身が強力な磁石に吸い付けられたように仰向けのままベッドから動く事ができない。両脚の感覚がない。事故の時に眼鏡が壊れたので近視の僕はまわりがよく見えない。少し顔を傾けただけでめまいと吐き気に襲われる。鼻と指先にはチューブが取り付けられている。髪の毛は刈り取られている。とんでもない事が自分の身に起こったのだ。

ここは自宅から車で二十分程のところにある東京都立川市の災害医療センター。目覚めて二日目に一般病棟に移された。食事はベッドの上半身を起こして食べる事ができた。夕食のトレーの上にメモがある。

「星野博さま　誕生日おめでとうございます」

そうか、今日は僕の誕生日なのか。十日間眠っていたせいで誕生日にはまだ早いと感じた。不思議な気持ちでそのメモを眺めた。病室で迎えた四十五歳の誕生日。

数日はベッドに寝たまま病院のあちこちへ連れていかれた。検査に次ぐ検査。骨盤骨折、右膝骨折、肋骨骨折、外傷性くも膜下出血、硬膜下血腫、肝損傷、肺挫傷などと診断された。

救急車で運ばれてすぐに肺から血を抜く手術をしたそうだ。肋骨が肺に刺さっており、それが一番生命に関わる怪我だったらしい。意識のないあいだ、毎日母が病院に来るたびに医師から「まだ肺からの出血が止まりません」と言われたとのこと。おそらく助からない可能性が高いので覚悟するように、とも。

病室にはいろいろな科の医師、看護師、薬剤師、理学療法士などが出入りした。掃除のおばさんも。しばらくこれらの人たちと顔を合わせる事になるのだろう。住み慣れた部屋から知らない人の中へポンと放り込まれた感じ。僕は母と妹の三人暮らしで母が毎日のようにバスに乗って来てくれた。脳内出血のせいで左目は見えなくなっており、テレビを見る事ができないので新聞を持ってきてもらった。入院中は世間と断絶されたような気がしてしまい、世の中で起こっている出来事を知るのは新鮮な気持ちだった。

意識不明状態が続いたせいか最初の頃は幻覚みたいな症状があった。ここは立川だと聞いているのに、今自分はインドにある病院にいるんだとか、ラスベガス近くの病院にいるんだとか思い込む時があった。どちらも旅行で行った事があり、また来られて嬉しい、治ったら観光しようと本気で考えた。一週間程でその症状は消えた。

友人たちは僕の事故の事を知っているのか気になっていた。目覚めて三日目に初めての見舞い客がやって来た。僕は社会人になってから洗礼を受けたクリスチャンで当時教会の役員も務めていた。信徒である僕より十歳年上の男性が病室を訪ねてくれた。意識がないと聞いていたが病院に来てみたという。その人の声が聴けて嬉しかった。彼も持病を患い入退院を繰り返している人だった。

次の日から牧師や教会の友人、仕事の仲間たちが来るようになった。仕事はドラマや映画のエキストラを主にやっていて同僚には愉快な人が多かった。病室に笑い声が響いた。

笑う事がどんなに大切かを改めて知った。誰かと心を通わせる貴重な時間。事故で命を失っていたらこの人たちとは二度と会えなかったのだ。

体調は少しずつ快方に向かっているように思えた。チューブが外され食欲も出てきた。

ただし睡眠不足とたまに起こる激しい頭痛に悩まされた。高熱も出た。同室の患者のいびきや突然の不安感で夜中に目が覚める。時計がないので何時かわからない。夜明けまであとどのくらいだろう。昼間の明るさが恋しかった。頭痛、高熱の原因は輸血した血液に入っていたウイルスとのこと。医療スタッフが早足で廊下を歩く音が一日中聞こえてくる。自分はもうあのように歩く事は出来ないのではないか。障害者としてこれから生きるのだろうか。数々の不安がよぎった。

僕を車でひいた男性が夜に訪ねて来た。七十代半ばで飲食店を経営している。奥さん、僕と同じ年代の娘も一緒に。謝罪の言葉を語った。翌日が従業員の給料日で、準備で急いでいて信号無視をしてしまったらしい。

家族が帰ったあといろいろ考えた。自分にも複雑な思いはあるが、これは男性が故意で起こした事故ではない。必要以上に恨む気持ちを持たなくていいのでは、などと。

事故の当日、僕はどこで仕事をしていたのか思い出せなかった。撮影の仕事は毎日違う場所で行われるから。僕は手帳を持っていたのを思い出し母に持ってきてもらった。そこにあの日の予定が書きこまれていた。そうだ、刑事ドラマの撮影に行ってたんだ。一緒だった人たちの顔も思い出した。帰り道も思い出した。京王線に乗って、多摩モノレールに乗って、家の近くに来て……。でも事故の瞬間は思い出せない。

携帯電話を持っていたのも思い出した。これも母に持ってきてもらい約三週間ぶりに手にした。事故の時に内ポケットに入っていた電話機。意識のないあいだに何人かが心配してメールを送ってくれていた。

クリスマスが近づき教会の人たちが持ってきた飾り物でベッドのまわりは華やかになった。これには看護師も大喜びだった。お祈りの言葉を添えたカードもたくさん頂いた。挨拶程度しかしたことがない人が長文のメッセージをくれた。僕のために祈ってくれている人たちがいる。大きな心の支えとなった。

新年を迎えた。この頃は車イスに乗れるまでに回復。母にコンタクトレンズを買ってきてもらい右目だけに装着した。人の顔がはっきり見えるようになった。窓には美しい富士山の姿が。本格的にリハビリが始まった。完全に筋肉が落ちたので筋トレはきつかった。汗だくになった。数日して平行棒を使って立つ練習。両脚が割り箸みたいに感じられポキリと折れてしまうのでは、と恐怖心いっぱいだった。骨折の痛みもあった。それでも何とか立てた。事故の日以来の立つという経験。毎日練習を繰り返し、平行棒につかまって端から端まで歩けるようになった。

松葉杖で立ちあがり医師や看護師と向かい合って話せるようになった。それまではベッドで見おろされる立場だった。同じ視線の高さで接するのが本来の人間のやり方である。対等に相手と向き合えて嬉しかった。主治医が僕より背が低いのに初めて気がついた。

僕の病室は最上階九階のいちばん端にあり窓からは立川市内が見渡せた。起床時間の朝六時、その窓から美しい朝焼けの光景が広がっていた。真っ暗な東の夜空が少しずつ紫色に染まってゆき、やがて小さな太陽が強烈なオレンジ色を放ちながら昇ってくる。ゆっくりゆっくり時間をかけて。

息を飲む光景だった。普段の生活だったらこの素晴らしい眺めを見る特権は得られなかっただろう。今頃はテレビでニュースを見ているか着替えているか、あるいはまだ寝ているか。この美しい景色を僕に見せるために神は自分を事故に遭わせたのではないか。「世界はこんなに美しいんだよ」と教えるために。

一月半ばに骨髄移植推進財団から手紙が来た。僕は骨髄バンクに登録していて自分が最終的なドナー候補に選ばれたというのだ。骨髄提供手術をぜひ受けてほしいと。もちろん断るしかなかった。骨髄を採取する骨盤を骨折したのだ。協力できないのはとても残念で悔しかった。きっと他の心ある候補者が手術を受けてくれただろう。

病院が併設している看護学校から女子学生が一週間の実習でやってきて僕の担当になった。人を相手にしての実習は僕が初めてとのこと。リハビリに付き添ったり、足の爪を切ったり、話し相手になったり。シャワー室も一緒だった。裸になるのは恥ずかしかったが彼女もドキドキしていたようだ。いい勉強になりました、と最後の日に言ってくれた。今頃はどこかの病院でがんばっているはずだ。

松葉杖で歩くのに慣れてきた二月中旬、ようやく外を歩いていいと許可が出た。待ちに待った外の世界。病棟の自動ドアが開くと風が顔をさっとなでた。三か月振りの風の感触。冬の冷たい空気が肺に届く。当たり前の事がとても嬉しい。間違いなく僕は生きている！

そのまますぐ横のコンビニに入った。店員のカラフルな服の色が目に飛び込んでくる。雑誌やお菓子の棚が並んでいる。久しぶりの店内の雰囲気。商品たちが僕を祝福しているような気がした。「また会えてよかったね！」と。

すっかり入院生活に慣れて看護師たちと接するのが楽しみになっていた。夕食の時に見まわりに来た看護師が「お変わりはありませんか？」僕は茶碗を差し出して「おかわり！」キョトンとした看護師の顔……。

退院して大丈夫との判断が出て二月末に自宅に帰る事になった。入院中に一番お世話になったのは看護師の皆さんである。医師たちにももちろんお世話になったが、忙しいせいか一日にわずか数分会話するだけだった。身の回りの世話を含め人間的な触れ合いができたのは看護師だ。その激務の様子をずっと見てきた。夜間勤務、ひっきりなしに鳴るナースコール、患者の家族のクレーム処理……。僕の階はほとんどが若い女性の看護師だったが男性も一人いた。彼らの明るい態度に元気をもらった。退院できるのは嬉しいが彼らとお別れするのは寂しかった。

退院してからは毎日のように松葉杖で外に出て歩いた。右脚と左目はいずれ手術をする予定だった。それまでに体力を付けておきたかった。公園のベンチで休んでいると知らないおじさんやおばさんから声をかけられた。「どうしたの？大変だね」「私も腰を手術したのよ」自転車に乗った高齢の女性が僕の横を通り過ぎる時に「早く治りますように」と声をかけた。もちろん知らない人だ。店のレジで支払う時に何人かの店員が「よくなって下さいね」と言ってくれた。冷たい風が入ってくるドアを僕が出やすいように抑えていてくれた店員もいる。

住宅街を歩行中、前方から小学校低学年くらいの姉弟らしい二人が歩いてきた。松葉杖の姿が珍しいのだろう、じっと僕を見つめていた。男の子がぽつりとこう言った。

「がんばってください」

涙が出そうになった。こんな言葉をかけてもらえるとは思っていなかった。これらの見知らぬ人たちとの触れ合いは僕が事故に遭っていなかったら経験できなかった。

左目の手術は七月に別の病院で受けてほぼ以前の状態に回復した。

早速映画を見に行った。また映画を楽しめるぞ！

右脚の手術がせまってきた。神妙な顔で主治医が言うには、これは難しい手術であり前のように元通りに動くようにならないかもしれない、とのこと。はっきり物事を言う医師だった。委ねるしかなかった。

僕はこう考えていた。たとえ杖がないとだめな生活になったとしても、何もかもができなくなる訳ではない。障害を持ちながら生活している人はたくさんいる。多少不便は感じるだろうが行きたいところへ行ける。電車に乗って新宿や渋谷に行ける。森林を歩いて鳥のさえずる声を聴ける。海へ行って潮風を浴び、波の音を楽しむ事ができる。カラオケで歌う事だってできる。本も読める。何かしら仕事をして収入も得られるだろう。できなくなる事ではなく、まだまだできる事に思いを馳せた。

右脚の手術は九月十一日に決まった。米国で同時多発テロがあったのと同じ日。全身麻酔であっというまに眠りに落ちた。麻酔から覚めると、強烈な痛みを手術を終えたばかりの右脚に感じた。あのテロ事件の犠牲者を思った。命を落とした人たちの痛みはこんなものじゃなかったはずだ。

一か月後、激痛だらけのリハビリをやり通し主治医の診察へ向かった。脚の様子を見て主治医が言った。

「あれ～、ちゃんと動いてる！」

その一か月後に高尾山を杖なしで徒歩で頂上まで登った。数か月して仕事に復帰し同僚たちと再会した。教会の礼拝で讃美歌を歌った。ボーリングで百八十のスコアを出した。自転車に乗ってショッピングモールへ行った。バッティングセンターでホームランの的にボールを当てた。南国タイの海を泳いだ。

これらが自分にできること。

事故から八年たった今でも右膝、股関節には常に痛みがあり階段を降りる時は注意が必要だ。でもだいたいの事はできている。

右脚の手術から三か月後、詩を書いて友人たちにプレゼントした。

贈り物

苦しむことに意味があるのか
あなたは何度も尋ねたかもしれない
いつも何かを引きずっているようで
前に進めないでいるかもしれない
でも覚えていてほしい
あなたは必要とされていることを

枕を涙で濡らした夜がいくつかあったかもしれない
そのたびにあなたのまなざしに憐れみが増している

孤独をいやというほど感じたかもしれない
そんな人は誰かと一緒にいる大切さを知っている

体の痛みを抱えている人は
苦しむ人の背中をさすってあげられる

別れのつらさを経験した人は
出会うことに素晴らしさを見出す

喪失の悲しみに落とされた人は
限りあるものをいとおしむ

「神様　なぜですか?」
この思いがいつも心にあるかもしれない
だが苦しみ　悲しみが

あなたを成長させ愛に満ちた人にするための
特別な贈り物だと気付いたなら
この世に別れを告げ　魂が肉体を離れる時
あなたはこう言うだろう
「神様　感謝します」

映画館の暗闇で

父の仕事場は東京郊外、立川市の映画館だった。昭和四十年代半ば、保育園児の僕は大映映画の怪獣ガメラや妖怪ものを母、妹と見に行った。僕たち家族は無料。映画館は子供の頃から馴染みの場所になっていた。

当時立川市には駅の北口にも南口にも映画館がいくつかあった。収容人数三百人弱の小劇場。他の映画館の入場券も父が手に入れてきてよく見に行った。東映まんがまつり、東宝ゴジラシリーズなど。しかし華やかだった映画業界もテレビに押され下降気味に。大映が倒産して父は退職することになる。

五年生の時、母と新宿の映画館に行った。新宿プラザ劇場という千人入れる大劇場。館内の広さとスクリーンの大きさに驚いた。初めて見る外国映画。『大地震』というパニックもの。スケールの大きさに圧倒された。洋画が好きになった僕は、六年生になると一人で立川から新宿まで電車に乗って映画を見に行くようになった。まだ映画館で働いていた父の友人が立川の劇場の無料券を毎月何枚か送ってくれたこともあって映画館通いの回数が増えた。中学生になると銀座、有楽町あたりまで足を伸ばした。高校、大学時代の思い出も映画と共にある。

当時の興行は、まず新宿、有楽町などの繁華街で最新作がロードショー公開され、地元の立川で公開されるのは半年から一年後だった。その代わり料金が安くなり二本立てになっていた。話題の作品を早く見たいなら電車で出かけ、先でもいいなら待つのだった。また豪華で広い映画館で見るか、固い座席の地元の映画館で見るかの選択だった。

上映中の喫煙が許されていた時代。劇場内の数か所から煙が立ち昇り、映写機からの光が当たるとキラキラ輝いた。休憩時間にはアイス売りが場内を歩いていた。大体はモナカアイス。スクリーンと客席の間は厚いどん帳で仕切られていた。表には何かしらの広告。上下に開閉するタイプが多かったが大劇場では真ん中から左右に分かれるものも。

映画館に着いて目に付くのは職人が描いた看板。派手な配色のタイトル。切符売り場に並びながらしげしげと眺めた。スティーブ・マックイーンの眉はこんなに太かったか？これまさかオードリー・ヘプバーンじゃないよな？

劇場かテレビ放送でなければ映画が見られなかった時代、人気の作品は立ち見になった。新宿の千人以上入るところでも立ち見客でぎっしり埋まった光景を何度か見た。真ん中の白いカバーの席は指定席。ほんの数回だけ贅沢をしてここに座ったことがある。

入れ替え制の劇場はほとんどなかったので、気に入った映画は繰り返し見ることができた。スターウォーズ、007シリーズは大抵二回見た。友人と『宇宙戦艦ヤマト』を三回見たこともある。一回目はど真ん中の席、二回目は全然違う席に座り、見え方、音の聞こえ方の違いを楽しんだりした。

新宿では毎日オールナイト興行を行なう劇場があった。酒が飲める年齢になり、飲み会で終電に間に合わないと分かるとみんなで映画館に向かった。一回目はちゃんと見て二回目以降はぐっすり眠るホテル替わりだった。

初めて女性と見に行ったのは大学時代、中井貴一主演、市川崑監督の『ビルマの竪琴』。地味な作品を選んだものだ。それ以降、数人の女性たちとスクリーンを見つめた。思い出の残るそれらの映画館が現在ほとんど閉館していることに気付く。

洋画の字幕は、かつてはスクリーンの右端に縦で二行打ち込まれていた。70ミリ作品など画面サイズの広い時だけ現在のように下に横書きで表示された。独特の書体、略字が多くて読むのに苦労したこともある。

ロードショー館の他に、名画座と呼ばれる映画館が各地に存在した。数年前に封切られた映画を二〜三本立て、場合によっては五本立てで上映。料金も三〜五百円ほど。レンタルビデオのない時代、とても有り難いものだった。どこで何を、時間、料金などが雑誌「ぴあ」に詳しく載っていてよく持ち歩いた。中学一年の夏休み、立川名画座での『エクソシスト』で始まる恐怖映画五本立てに入り、四本まで見て帰ったことがある。同じ頃に飯田橋佳作座で００７二本立てを。大学生の時には池袋文芸座で『ゴッドファーザー』パート1、2を一気に鑑賞。今も営業中の早稲田松竹では中学生の時に『猿の惑星』を。懐かしい名画座の名前の数々……。

まれに古い作品だと途中でフィルムが切れて上映が中断することも。『風と共に去りぬ』『ウエストサイド物語』で突然音声が消えて画面が真っ暗になった時の観客たちの「あ〜あ」の声が耳に残っている。

社会人になり、しばらく外回りの営業をやっていた。会社から一歩外へ出たら自由の身。今のように携帯、スマホで呼び出されることのなかった頃。こっそりと映画館で過ごした事が何度かある。僕と同じスーツを着た男たちがちらほら。映画館はサラリーマンのオアシスでもあったのだ。ある日の夕方、隣の席の後輩が社内に戻ってきて耳元で「今日『ターミネーター2』見て泣いちゃいましたよ。」

世間はバブル経済と言われ、ビジネスマンのほとんどがダブルのスーツを身に着けていた平成の初め。上映前のＣＭに「彼女にプロポーズするなら給料三か月分のダイヤモンドを」と促す作品が話題に。本編に入るまでのＣＭの時間が長かった。それでも仕事を終えて最終回前の劇場に入り、座席に体を預けた時の充実感は何とも言えなかった。

ほどなくしてポケベルというものが登場し、多くの人が利用した。映画の途中でピピピピと音がするようになったのはこの頃。さらに数年して携帯電話が現れ、館内はさらに賑やかになった。マナーモードのまだ付いてない機種。ラストシーンの静まり返った最高の見せ場。急に間の抜けたメロディの着信音が鳴り響き感動がぶち壊しになることも。

平成四年、地元立川市の映画館がすべて閉館した。かつてあれほど立ち見客で賑わった映画の街の終わり。時代は変わってゆく。

しかし銀幕への想いは消えず。二年後、最後の劇場があった跡地にシネコンと呼ばれる新しいスタイルで立川に映画が帰ってきた。一つのビルの中に、小劇場から最新の音響設備による重低音が鳴り響く劇場までが揃っている。

平成二十年秋、母と初めてハリウッド映画を見た新宿プラザ劇場閉館。最終日に仕事を終えて駆け込んだ。いったい何度ここを訪れただろう。ラストの上映は『タイタニック』。終映後、満席の観客の大きな拍手。ロビーや壁、外観を見るのもこれが最後。しっかり目に焼き付けて帰った。

平成二十六年大晦日、その向かい側にあった当時国内でただ一つ千人以上を収容できた新宿ミラノ座も閉館。ここも小学生時代から何度も来た場所。最後の上映は『ＥＴ』。大学生の時に友人とここで見た作品。立ち見客で溢れんばかりになった最終日の場内。こんな光景を見るのは約三十年ぶりではないか。上映中、観客の息づかいが聞こえてくるようだった。みんな自分の思い出と重ね合わせてスクリーンを見つめている。エンドロールが流れ、満場の拍手の中をどん帳がゆっくりと降りて最後の務めを果たす。支配人の挨拶に続き、全員で入場前に手渡されたクラッカーを鳴らした。外に出た観客たちはなかなかその場を離れようとしない。ひとりでじっと建物を見上げる人。友人、家族と記憶を語り合う人。多くの人が写真を撮り続けていた。カメラに収めるというよりも自分の心に刻み付けるように。何枚も。何枚も。

かつて銀座にあったテアトル東京の巨大な湾曲したスクリーンで『２００１年宇宙の旅』を見る事ができた自分は幸せ者だと思っている。新宿プラザ劇場で『未知との遭遇』を、新宿ミラノ座で『アラビアのロレンス』を見られた事も。広々とした大劇場で鑑賞する機会はもうないかもしれない。いま見終わった映画を繰り返し見ることもできないかもしれない。職人が手をかけて描いた看板を微笑ましく眺めることもないだろう。

それでも僕は映画館の暗闇の中で過ごすはずだ。何度でも。シネコンでは多くの作品から見たいものを選ぶ事ができる。ショッピングモールのシネコンなら買い物ついでに映画を見る事も可能だ。立川の劇場では爆音上映といってライブ会場並みの大音量での上映を行なって大勢の客を集めている。登場人物と一緒に歌ったり、ペンライトを振って掛け声を出しながらのイベント上映も各地で盛んになってきている。往年の名作特集もある。

これからも泣いたり笑ったり、深く考えさせられたりするだろう。映画館の暗闇の中で。ストレスを解消させてもらったり、ある時は人生観を打ちのめされたり。そしてずっと後になって映画の場面を思い出すたびに、訪れた映画館とその頃の自分の記憶を心のスクリーンに映し出していく事だろう。

The End
title
ROADSHOW

初出一覧

ロードショー	アンソロジー『詩人のエッセイ集　大切なもの』詩欄
アルバート	「コールサック」89号
今日をつくる人	未発表
ハーモニカ	「コールサック」84号
十円の旅	「コールサック」84号
リハビリルーム	「コールサック」86号
空	「コールサック」88号
僕らの公園	「コールサック」88号
子供のころは	「コールサック」85号
転校生	アンソロジー『少年少女に希望を届ける詩集』
有楽町のかいじゅう	「コールサック」90号
待ち時間	「コールサック」89号

配役	「コールサック」90号
エネルギー	アンソロジー『海の詩集』
凪いだ心を	アンソロジー『海の詩集』
ひとつの太陽	アンソロジー『非戦を貫く三〇〇人詩集』
天使の都	未発表
静かな瞳	「コールサック」87号
バランス	「コールサック」87号
死に寄り添う詩	未発表
写真フォルダー	アンソロジー『海の詩集』
小舟	アンソロジー『海の詩集』
いること	未発表
エンドロール	未発表
再会	「コールサック」85号
自分にできること	アンソロジー『それぞれの道～33のドラマ～』
映画館の暗闇で	アンソロジー『詩人のエッセイ集　大切なもの』

星野博詩集『ロードショー』解説
命の映写のアンコール

佐相　憲一

「はい、カット！」

生きることはカット、カットの連続だ。うまいことばかり続く一生などありえないだろう。だが、そこで自ら腐ってしまうのか、それとも自ら光を活かすのか、そこで人生は大きく分かれる。

この詩集の作者・星野博氏は、車に轢かれて二十メートルもはねとばされ、十日間の深い眠りから甦った。助からない可能性が高いと医師が言ったのだから、生還は奇跡そのものだっただろう。

彼の口調は穏やかだが、低いトーンで淡々と語るとき、自問しながら内省的に展開する話し方は、聴く者に牧師や伝道師を思わせる。

土曜詩の集まりというわたしが主宰する少人数の詩的集まりで「トマス・ハーディの詩との出会い」や「立川を中心にした映画館の回想」を小講演した時も、またインターネットテレビ「しながわてれび放送」で自作詩を朗読生放送した時も、共に困難な時代と人生を生きるひとつひとつの命への深い共感から発せられる彼の語りには心癒やされるものがあった。

「アルバート」という詩を読むと、現代文明の歪んだあり方の犠牲になった猿の命を悼んでいるが、その語りは現代社会で同じように使い捨てられている感のある労働者なども類推されて、かなしみの中に鋭い批評がある。「今日をつくる人」では郊外から都心に向かう早朝の電車にひとりひとりの乗客が淡々と描写されるが、灰色のイメージから、彼らの命の個別性が失われるのをとどめようとする作者の共感が静かに熱く伝わってくる。「ハーモニカ」では幼少期に戦後のまちで見かけた元兵士の姿を回想する中に、取り返しのつかない歴史の悲劇の実態と平和への願いが響いてくる。詩集はそこから、自らの半生の内省が激動する社会の変遷とも絡めて続き、地球視野の世界の感受と命のメッセージへと展開されていく。「静かな瞳」という詩では、公園の足元の蟻の観察が人間世界とオーバーラップされ、自然界のめぐりへの畏敬の念と俯瞰された命の相対化がうたわれている。海に関する詩群も印象深い。そうしたさまざまなシーンの後で、映画は愛の詩「いること」にいたる。シンプルなプロポーズのような趣があり、それでいて普遍的な親しみで読者それぞれの恋愛情景なども連想されるかもしれない。この詩集には、冒頭の詩「ロードショー」、中盤の「配役」、終盤の「エンドロール」、という三つのポイントとなる作品が配されていて、スクリーンに映し出されるその有機的つながりに、読者は作者と世間と自分の間の対話を重ねることができる。アンコールの位置にある最後の詩は「再会」だ。ここまで生きてきたからこそ、いま生きているからこそ、これからも生きていきたい。そして出会いがあるだろう。詩の後には二篇の味わい深いエッセイも収録されている。

彼の詩は、映画やテレビのエキストラの仕事をしていることと深く結びついている。専門プロダクションに所属して、不安定な生活ながら、日々各地のロケをこなしている。人気テレビ番組を注意深く凝視していれば、彼がさまざまな役柄で出演しているのを発見するだろう。あっと驚くほどの幅広さで、意外にもそのシーンになくてはならない存在として。

ある時わたしは聞いてみた。

「エキストラの哲学は何ですか。どういうところに魅かれますか。」

彼は照れながら、すぐに次のようにこたえた。

「匿名性ですね。」

匿名性！　含蓄のある逆説だ。

この虚飾に満ちた現代世界で、苦労を重ねながら大量消費されていく膨大な数の普通の人間のかなしみを、自らその匿名性を演じることで喜びに変えようとしているのだろうか。何という革命性、宗教性、大衆信頼だろう。彼が何を大切にしているのかがうかがえる。日々更新されていく世の中の情景。バタバタと駆けていく通りすがりの青年だったり、背景の公園ベンチで回想の時間を過ごす老人だったり、オフィスや工場や教室にただいるだけのようでそれぞれ何かを背負う存在だったり。画面の中の誰一人、何一つ、無駄なものはない。たった一つの要素さえおろそかになれば、厳しい人生の監督が「カットだ！　しっかりしろ」と言うだろう。本物のエキストラは日々あらゆる役をこなすために、内面からそのひとりひとりになりきらなければいけない。匿名性は他者性ともつながっているのだ。人類そのものを背負っていると言ってもいい。この詩集に収録された詩群にはそのような視点が濃密に感じられる。

どこにでもありそうな普通の人間の日常が、生死の境でふとその深淵を見せて、涙が出るほど尊く親しい奇跡となる、それが実は、わたしたちひとりひとりの人生の意味かもしれない。匿名性の中に生き生きと存在する個別の生、それこそが世界ロードショーに値するだろう。

この詩集『ロードショー』で星野博氏は彼の哲理の根幹を、映画という彼にとって親しい世界とリンクさせた。そこからは深い慈愛とペーソスが響いてくる。大切な人生の書であり、汚濁に満ちた現代社会に生きるひとつひとつの尊い生へのエールの書であり、もしかしたら、これを読むあなた自身の大切な何かにつながる書になるかもしれない。

いくつもの味わい深い詩篇の中で、わたしが特に好きな一篇を全文引用して、この案内文を終えよう。

空

じっくりと空を眺めたのはいつだろう？
ゆっくりと雲を目で追ったのはいつだろう？
くっきりとかかる虹に喜んだのはいつだろう？
うっとりと沈む夕日を見つめたのはいつだろう？
はっきりと流れ星を見つけ願いを送ったのはいつだろう？

私たちを覆い包み込む空
いくつもの表情を見せる空
目を上げれば必ずそこにある空

私たちはうつむいて
時間に追われる毎日

真上の空を意識することはなく
あわただしく一日を終える

少しでも空を見上げる余裕を持てたなら
流れゆく雲に
時間が遅く進むこともあるのに気づく
澄みきった青空に
体が軽やかに動くのを感じられる
ぽっかり浮かぶ月に
ぐっすりと眠りをもらえる事を知る

いまこの時も
空は頭の上に確かにあって
惜しみない広さで私たちを覆いつくし
絶え間なく贈り物を与え続けている

あとがき

私の二冊目の詩集ができあがりました。実を言うと、前作『線の彼方』を出した時にこれが生涯でただ一冊の詩集になるだろう、と考えていました。一冊の本に詩をまとめて世に送り出す経験ができただけで十分に満足していたのです。

しかし雑誌コールサックには毎号のように詩を投稿し続け、インターネット番組しながわてれびの詩の朗読コーナーにも何度か出演させていただいていました。そして私の住んでいる場所から近い国立市で「土曜詩の集まり」がコールサック誌に登場する詩人の方々を中心に行われるようになり、様々な詩人たちと触れあい作品と出会うことで刺激を受けたのがきっかけでまた詩集を出してみよう、という気になりました。

前作同様、いろいろなところで目にしたもの、感じたことを私なりに表現してみました。また自分のまわりには詩集なんて読んだことがない、という人がけっこういたので、詩に馴染みがなくても読みやすいように分かりやすく書くことを念頭に置いて取り組みました。この詩集を読んで、他の詩人の作品も読んでみたい気持ちになり詩に親しむよい機会になってくれたら嬉しいです。

編集の佐相憲一さんには今回もお世話になりました。バラバラに散らばっている詩の数々を、整然とまとめてぴったりな順番で一冊の本に仕上げてくれたことに感謝いたします。またこの数年で知り合うことができた詩人の方々にも深く感謝致します。

二〇一七年七月　　著者

星野　博（ほしの　ひろし）略歴

一九六三年　福島県会津坂下町に生まれる。
　　　　　　直後に東京都立川市で生活を始める。
一九七〇年　立川市のとなりの武蔵村山市に引っ越す。
一九八六年　明星大学を卒業。
　　　　　　営業職として数社の企業で勤務。
二〇〇二年　芝居関係の仕事を始める。
　　　　　　現在までに約三百本のドラマ、映画にエキストラとして出演。
二〇一三年　再び立川市に引っ越す。
二〇一四年　アンソロジー詩集『SNSの詩の風41』に作品参加。
　　　　　　インターネット・テレビ「しながわてれび放送」に出演開始。
二〇一五年　文芸誌「コールサック」に詩の発表開始。
　　　　　　エッセイアンソロジー『それぞれの道～33のドラマ～』、

アンソロジー詩集『平和をとわに心に刻む三〇五人詩集』
　に作品参加。
第一詩集『線の彼方』（コールサック社）刊行。

二〇一六年　土曜詩の集まりに参加開始。お話「トマス・ハーディの詩との
　出会い」などを担当する。
アンソロジー詩集『海の詩集』『少年少女に希望を届ける詩集』
『非戦を貫く三〇〇人詩集』に作品参加。

二〇一七年　エッセイアンソロジー『詩人のエッセイ集　大切なもの』、
アンソロジー詩歌集『日本国憲法の理念を語り継ぐ詩歌集』
　に作品参加。
第二詩集『ロードショー』刊行。

現住所　〒一九〇-〇〇〇一
東京都立川市若葉町四-二五-一-三〇-五一〇

石炭袋

星野博詩集『ロードショー』

2017年8月9日初版発行
著　者　星野博
編　集　佐相憲一
発行者　鈴木比佐雄

発行所　株式会社 コールサック社
〒173-0004　東京都板橋区板橋 2-63-4-209
電話 03-5944-3258　FAX 03-5944-3238
suzuki@coal-sack.com　http://www.coal-sack.com
郵便振替　00180-4-741802
印刷管理　（株）コールサック社　製作部

＊装丁　奥川はるみ

落丁本・乱丁本はお取り替えいたします。
ISBN978-4-86435-301-4　C1092　￥1500E